20 CENTIMES
la livraison.

PARIS
rue Grange-Batelière, 5.

PANTHÉON DRAMATIQUE ÉTRANGER

THÉATRE ALLEMAND. — THÉATRE ITALIEN.

THÉATRE ANGLAIS. — THÉATRE ESPAGNOL.

TRADUCTIONS NOUVELLES

Publiées sous la Direction de C.-J. HOGUAIS

Rue Grange-Batelière, 5.

THÉATRE ALLEMAND.

WERNER.

LE VINGT-QUATRE FÉVRIER.

Drame en un acte, traduit par C.-J. HOGUAIS.

PERSONNAGES.

KUNTZ KURUTH, paysan suisse. — TRUDE, sa femme. — KURTH, leur fils (voyageur inconnu).

La scène se passe à Schwarrbach, auberge isolée dans les Alpes, entre Kandersteg et Leuk, au milieu des gorges du Gemmi, en Suisse.

SCÈNE I.

Une chambre de village et un cabinet, séparés par une cloison à laquelle sont suspendus une petite horloge, une faux et un grand couteau. Au fond, un lit de paille et un vieux fauteuil. La chambre est éclairée par une lampe qui brûle sur une table. Il fait nuit. L'horloge sonne onze heures.

TRUDE, seule, assise à son rouet.

Déjà onze heures, et Kuntz n'est pas encore rentré! Cependant il est allé de bonne heure à Leuk ce matin. — Pourvu qu'il ne lui soit rien arrivé! — Avec quelle fureur le vent d'Ouest se déchaîne aujourd'hui en fougueux ouragan! On dirait que le Génie du mal veut, de son souffle puissant, mettre en pièces le Gellihorne, et le lancer à la tête du Gemmi, comme jadis Kuntz lança le couteau de malheur. — Quel ressouvenir! — Oui, c'est précisément à cette époque, c'est, je crois, — oui, — c'est bien en février que feu notre père est mort. — Il y a longtemps de cela, et pourtant, quand j'y pense, cette idée me glace d'effroi! — Où donc s'arrête mon mari? — Peut-être — ah! Dieu! — une avalanche l'entraîne avec elle! — J'en tremble! — Et pas un morceau de bois dans la cheminée, — pas un morceau de pain dans toute la maison; — il n'y a que désespoir et misère! — Nos impitoyables créanciers nous ont pris jusqu'à notre dernière chemise. — Que j'ai le cœur serré aujourd'hui! — La malédiction s'est cruellement réalisée! — C'est un Commandement lourd à porter que le quatrième! — Les autres mères ont un fils près d'elles; le nôtre s'est enfui pour courir le monde, tout enfant, maudit par

va-t-on examiner les marches, encore tout du sang de sa
[illegible]. — On dit depuis longtemps qu'il est mort! Que
[illegible] je meure aussi! Je serais délivrée de toutes tortures [illegible] je vais chanter quelque chose; — les chants ren-
dent la joie, [illegible] le génie du mal sans trouble chas-
sant le [illegible] de nos dettes.

Elle chante.

> « Pourquoi ton glaive est-il si rouge?
> « Édouard, Édouard! »
> « J'ai frappé à mort en vérité;
> « Voilà pourquoi mon glaive est si rouge.
> « Oh! malheur, malheur! »

Le vilaine chanson! — La fin en est stupide! — Brr!
Quel est ce bruit? — (*On frappe à la fenêtre.*)
Voyons; sans nul doute c'est mon mari. — (*Elle court
à la fenêtre.*) Non; — c'est un hibou qui se cramponne au vitrage! Lui aussi cherche un abri contre l'o-
rage. — Comme ses yeux flamboyaient! — Il attache sur
moi ses regards! Va-t'en. — Il s'enfuit et crie:
« Viens avec moi! » Oh! est-ce à moi que tu t'adresse-
ras! Serais-je donc enfin délivrée de tout souci! — (*Elle
se remet à son rouet.*) Les hiboux, dit-on, flairent les
cadavres, et n'ai-je pas déjà l'aspect d'un cadavre? —
les angoisses ne me veulent pas quitter! — C'est qu'ici,
sur le Gemmi, l'on est bien isolé; cette cabane est toute
seule, à trois lieues à la ronde, il n'y a de créature hu-
maine que nous! L'hiver, tout le monde va dans la vallée trouver un sûr abri. Il n'y a que nous qui restions,
comme si les Esprits des Alpes rivaient ici notre chaîne.
— Aujourd'hui j'y suis seule, — seule avec mes tourments! — Allons, une chanson gaie dissipe parfois les
nuages des heures de tristesse.

Elle chante.

> « Et comme le paysan est un paysan,
> « Il conduit sa charrue;
> « Et quand il a un chapeau et une chemise,
> « Ces vêtements lui suffisent! —
> « Un chapeau sur la tête,
> « Une plume sur son chapeau,
> « Une chemise au dos! —
> « Sur sa chemise des rubans de diverses couleurs!
> « Le paysan n'est pas un gentilhomme,
> « Le paysan est un paysan;
> « Pour lui la vie est pénible! »

Jésus, mon Dieu! n'est-ce pas l'air que sifflait Kuntz,
pendant qu'il aiguisait sa faux? — (*On entend frapper
à la porte.*) On frappe! — Irai-je ouvrir? — (*Elle
court à la porte et l'ouvre.*) Ah! c'est mon mari!

SCÈNE II.

TRUDE, KUNTZ, tout couvert de neige, tenant à la main un
bâton et une lanterne à demi éteinte.

TRUDE, pendant qu'elle secoue la neige qui couvre Kuntz.

Méchant Kuntz, que tu es donc resté longtemps!

KUNTZ.

Je suis mouillé jusqu'aux os! — Fais du feu.

TRUDE.

Avec quoi?

KUNTZ.

Oui, — nous n'avons pas un seul morceau de bois!
— Eh bien! — n'y pensons plus, et réjouis-toi.

TRUDE.

Me réjouir?

KUNTZ.

Puisque notre sort est fixé maintenant. (*Il tire un
papier de sa poche.*) Voilà ce que le bailli de Leuk m'a
donné, alors que je le suppliais à genoux de nous ac-
corder encore un mois seulement de délai pour le paie-
ment de nos dettes.

TRUDE.

Il l'a accordé?

KUNTZ, en lui donnant le papier.

Tiens, lis.

TRUDE.

Tu me fais trembler.

Elle lit.

« Puisque le nommé Kuntz Kuruth, soldat libéré de
« la Confédération, ci-devant propriétaire, présentement
« habitant de l'auberge de Schwarrbach sur le Gemmi,
« n'a pu payer, malgré les prolongations et les délais
« qui lui ont été plusieurs fois accordés, la lettre de
« change de 300 florins, valeur de Berne, qu'a produite
« en justice contre lui le pâtre Jean Jugger, il est signi-
« fié aux époux Kuntz Kuruth, défendeurs : que demain,
« vingt-cinq février, à huit heures du matin, s'ils n'ont
« pas désintéressé le demandeur, nonobstant toute op-
« position, les agents de la justice saisiront à Schwarr-
« bach leur maison et leur pré, qui seront vendus aux
« enchères, afin, déduction faite des dettes dont ils sont
« déjà grevés, de payer le créancier porteur de la lettre
« de change; et les époux défendeurs seront conduits
« demain à la maison de détention, pour y travailler
« jusqu'à l'extinction complète des dettes que leurs biens
« n'auront pu acquitter. Comme de droit.

> « Leuk, ce 24 février 1804.

> « *Le vice-bailli et les échevins du
> « district du Haut-Valais.* »

Ah Dieu! — n'es-tu pas allé chez ce cruel Jugger, lui
demander un nouveau délai?

KUNTZ.

Le scélérat! — Que n'ai-je pas fait pour l'attendrir,
pour obtenir encore un sursis de quinze jours seulement. — Il n'y a pas de pierre plus dure que le cœur
de ce riche et impitoyable bourreau! — « Je ne veux
« rien perdre, » m'a-t-il dit. « Je suis las de ces la-
« mentations. Si je n'ai pas mon argent demain matin,
« eh bien! les recors vous conduiront en prison. »

TRUDE.

N'es-tu pas allé chez nos voisins, chez nos cousines,
chez nos cousins?

KUNTZ.

Oui. — Tous m'ont fermé la porte au nez.

TRUDE.

Et ce sont là des parents?

KUNTZ.

Ce qu'on appelle un parent, c'est la dernière personne qui vous vienne en aide, la première qui vous déchire.

TRUDE.

Quand nous étions riches, ils se sont souvent assis à notre table.

KUNTZ.

La digestion faite, c'est oublié.

TRUDE.

Ainsi tu ne nous apportes rien?

KUNTZ. *Il tire de sa poche un demi-pain qu'il jette sur la table.*

Rien que ce demi-pain. C'est le pauvre Heini qui me l'a donné; il sait, lui, ce que sont les tortures de la faim, — aussi a-t-il partagé avec moi! — Cela nous met encore pour aujourd'hui à l'abri de la mort.

TRUDE.

Et demain?

KUNTZ.

Lorsque les recors viendront, eh bien! — Quand les souffrances d'un malheureux sont au-delà de ses forces, — eh bien! — je saurai mourir comme j'ai vécu, — en vrai Suisse libre!

TRUDE.

Tu m'épouvantes! — Mais as-tu bien tout essayé?

KUNTZ.

Tout, — sans succès. — Quand on est une fois maudit, c'est pour toujours!

TRUDE.

A quoi penses-tu? — Ne me regarde pas ainsi, tu m'effraies. — A trois lieues d'ici, — dans la vallée de la Kander, — habite le riche Stœffli. Le nombre de ses vaches est immense; il possède assez de fromages pour en payer les Alpes. — Il a des monceaux d'or! — Il vit dans le vice et la débauche; chaque soir il est ivre; — il demeure seul. — Quel mal y aurait-il? — Cette nuit tu t'introduis adroitement chez lui, et... — N'attache pas ainsi ton regard sur moi! — Tu pourras tout lui rendre, si Dieu bénit nos efforts.

KUNTZ.

Bénir nos efforts, à nous maudits!

TRUDE.

Prendre ainsi, c'est emprunter. — Voler! — Dieu nous en préserve! — Non; mais, — quand la nécessité y force, prendre ainsi, pour sauver son honneur et sa vie, ce qu'on doit restituer au prix d'un travail opiniâtre, cela peut-il être un crime?

KUNTZ.

Femme, — oses-tu bien, femme sans pudeur, oses-tu lever encore les yeux? — Moi, un ancien soldat de la Confédération, qui avais voix à la diète, qui ai soutenu de ma fortune et de mon sang les résolutions auxquelles j'avais pris part; moi, qui sais lire et écrire, qui ai lu l'histoire, qui sais ce que furent et Tell et Winkelried, et ce que, dans l'ancien temps, chaque Suisse a fait dans l'intérêt général, à son propre préjudice, moi, à qui, lors de mon congé, les membres du Conseil de Berne ont donné un certificat constatant que, seul, j'ai pris un étendard à l'ennemi, — moi, — voler! — N'aie pas la témérité de me donner une seconde fois un pareil conseil.

TRUDE.

Au nom de Dieu, calme-toi!

KUNTZ.

Ton père était ministre du culte; et c'est toi, sa fille, qui veux voler! — Fi donc! n'en rougis-tu pas?

TRUDE.

Le sombre aspect de ta misère me déchire le cœur. — Ah! que ne puis-je te sauver au prix de mon sang.

KUNTZ.

Songe à toi, cela suffit. — Je sais ce que j'ai à faire. — Jamais homme du nom de Kuruth n'est allé en prison. — Me faudrait-il être le premier, le seul qui déshonore ce nom, le mien, celui de mon père! — Non. — Ma résolution est bien arrêtée, je n'en puis changer. — Quand ils viendront me chercher demain pour me conduire en prison, — je les suivrai jusqu'au détour du chemin qui par les rochers du glacier de Lammern conduit au lac; — alors, — que Dieu pardonne au pécheur! — alors, — c'est bien décidé, — je me précipiterai dans le lac!

TRUDE.

Dieu de miséricorde!

KUNTZ.

Il vaut encore mieux mourir ainsi, — quoiqu'une telle mort soit cruelle, — que renoncer aux traditions d'honneur de sa famille, que voler ou se couvrir d'infamie.

TRUDE.

Oh! vis, et nous irons mendier dans des contrées lointaines! Je veux ne jamais revoir une patrie qui n'a pour habitants que des hommes au cœur dur et froid comme ses glaciers. Là où ne souffle pas le vent des Alpes on saura compatir au malheur! Viens, fuyons! abandonnons cette maison à la malédiction. Elle est déjà toute grevée de dettes, — pas un clou ne t'appartient ici; allons mendier chez les étrangers, — ils seront humains.

KUNTZ.

Maintenant! — aller mendier! — N'as-tu plus la raison? Femme, me faudra-t-il devenir ton assassin? — Je le deviendrais, si je t'emmenais d'ici pendant l'hiver, toi, une si faible créature! Crois-tu que ce soit un jeu à cette heure, où les avalanches roulent de tous côtés, où les torrents débordés courent avec fracas à travers les gorges des Alpes, et, comme la malédiction paternelle, jettent au-devant de nous en mugissant une mort inévitable? — La malédiction paternelle! — Tu m'as aidé à la gagner; je l'ai partagée avec toi, et tu l'as fidèlement supportée pendant vingt-huit ans. — Laisse-moi maintenant m'en délivrer! — Quand tu seras débarrassée de moi, qui suis maudit, seule, tu pourras plus facilement gagner ton pain; le gagner, entends-tu? — et non pas le mendier, — non pas l'implorer de la pitié! — Non, que jamais la femme de Kuruth, d'un homme de cœur, ne soit un objet de mépris!

TRUDE.

Et toi?

KUNTZ.

Je veux avoir le courage, la témérité peut-être de me présenter devant Dieu, — puisque j'aurai expié la malédiction.

TRUDE.

Et pour te délivrer péniblement de cette malédiction que rien ne peut effacer, tu vas flétrir l'honneur de tes pères, et moi, dont tu as acheté si chèrement la possession, me précipiter désespérée dans la tombe!

KUNTZ.

Tu crois que se donner la mort, c'est un déshonneur!

TRUDE.

Fuis les pièges que te tend l'Esprit du mal.— Pour toi comme pour les autres le sang du Christ a coulé. — Oh! prends la Bible; prions, chantons, lavons nos fautes dans un torrent de larmes amères! Quand même les ténèbres obscurciraient nos yeux, cela peut encore nous sauver, — faire luire peut-être des jours heureux!

KUNTZ.

Tu crois? — J'en conviens, c'est un pas qui coûte. Je ne croyais jamais tenter pareille épreuve.

TRUDE.

Prie donc!

KUNTZ.

Je ne le puis pas depuis vingt-huit ans, depuis la mort du vieillard. — Prie pour moi!

TRUDE.

Eh bien! atteins la Bible. — Dieu! Que mon cœur est plein d'inquiétude!

KUNTZ.

Je vais la descendre à l'instant.— (*Il prend une Bible placée sur la cheminée, et quand il la présente à Trude, il en tombe un papier.*) — Tiens.

TRUDE.

Il en tombe un papier!

KUNTZ, relevant le papier.

Il est écrit! —Laisse-moi voir. — (*Il lit.*) — « Ce 24 « février 1776, à minuit, est mort dans sa soixante-qua- « torzième année, Christophe Kuruth, mon père; de.... » puis une grande croix! — Vois. — La croix est-elle assez grande pour couvrir la malédiction?

TRUDE.

Le frisson de la mort parcourt mes membres glacés!

KUNTZ.

Quel quantième du mois est-ce aujourd'hui?

TRUDE.

Ce qui est fait est irrévocablement fait.

KUNTZ.

Montre-moi encore cette assignation.

TRUDE. Elle prend l'assignation sur la table et la donne à Kuntz.

Oh! de grâce, adresse tes prières à celui qui absout de toutes les fautes!

KUNTZ.

Elle est d'aujourd'hui.—(*Il lit la date de l'assignation.*) — « Leuk, ce 24 février. » — C'est aujourd'hui l'anniversaire de sa mort, — maintenant tout est clair pour moi.

TRUDE.

Et pour moi aussi!

KUNTZ.

Ecoute! — Au moment où, ce soir en revenant de Leuk, j'atteignais le défilé des Alpes qui s'élève et serpente en spirales de plus en plus escarpées, —tu sais! — je suis un homme; je ne crains que le déshonneur! d'ailleurs j'ai mille fois parcouru ce chemin de jour et de nuit; — eh bien! aujourd'hui, dans ce défilé qui s'allonge et se replie sur lui-même, le long de cette muraille de rochers qui n'a pas de fin, — j'ai eu peur, — je l'avoue. — Les terribles épisodes de ma vie m'ont entouré comme un cercle de rochers. — J'étais au milieu de mes remords comme dans une de ces gorges des Alpes dont sans cesse je cherchais l'issue sans la trouver jamais. — On eût dit un de ces rêves affreux pendant lesquels l'on fait péniblement une quantité innombrable de pas, sans cependant quitter son lit. — C'est au milieu de ces angoisses, qu'à travers les précipices je suis arrivé jusqu'au sommet de la montagne; de là j'ai plongé mes regards dans la vallée; elle était sombre comme ma conscience! — J'ai pris le sentier vers l'ouest. — Quand j'ai levé les yeux,—tout à coup, — au milieu des nuages que formait la neige en flocons, — le glacier du Lammern s'est trouvé devant moi, — tout près, — avec sa couronne de glaces. On eût dit de feu mon père, quand il était assis là, — (*montrant le fauteuil,*) — bleu, dans l'immobilité de la mort! Le souvenir du vingt-quatre février est venu me frapper droit au cœur! —C'était comme si une hache de bourreau me fût tombée sur le cou! — La nue s'est ouverte soudain, toute en feu, semblable à une fournaise, prête à m'engloutir. — J'ai couru dans cet état jusqu'aux bords du lac. — Ses ondes étaient glacées comme mon sang. Ma vie, de même que la lumière qui brûlait dans ma lanterne, était presque éteinte! — Alors, avec un grand cri, une corneille, de celles qui habitent les rives du lac, attirée sans doute vers la flamme par un charme puissant, s'approche de ma lanterne. — Elle s'y cramponne de ses deux pattes, en poussant un gémissement semblable à ceux de mon père, quand il allait dans sa lutte contre la mort exhaler son dernier râle. Puis aiguisant son bec, jaune comme le manche de ce couteau de malheur, — (*il montre le couteau suspendu à la cloison,*) — elle en frappe la lanterne à coups redoublés ! Femme, pour la première fois de ma vie, j'ai eu peur comme un enfant ! — J'entendais un grincement pareil à celui de la faux qu'on affile.

TRUDE.

Arrête ! — Je me meurs d'effroi !

KUNTZ.

Alors, — au milieu des profondes angoisses qui déchiraient mon cœur, — pénétra le souvenir de cette parole de malédiction : « Assassin » — Et la poule, qui a fait de notre fils un assassin, mon esprit troublé l'a vue s'élever dans les airs !

TRUDE.

Laisse donc l'enfer en repos ! — Prie !

KUNTZ.

Non ! — mon crime me ferme le ciel ! — La malédiction de mon père a jeté sur cette fatale maison une réprobation terrible, épouvantable.

On entend frapper à la porte.

TRUDE.

On frappe !

KUNTZ.

C'est son âme ! —

TRUDE.

Non ! — C'est, je crois, un voyageur. — Le laisserai-je entrer ?

KUNTZ.

Quand ce serait le diable en personne ! — Quel mal peut-il nous faire maintenant ! — Ouvre ! —

Trude ouvre la porte.

SCÈNE III.

TRUDE, KUNTZ, KURT.

Kurt est en habit de voyage, couvert de neige, il porte une gibecière, un couteau de chasse au côté, une ceinture, à laquelle sont attachés deux pistolets; il tient à la main une lanterne éteinte et un long bâton.

KURT.

Dieu vous garde !

KUNTZ.

Entrez.

KURT.

Voudriez-vous bien ? — (*A part.*) Je puis à peine résister au plaisir de les presser sur mon cœur.

KUNTZ.

Que désirez-vous ?

KURT.

Voudriez-vous me donner l'hospitalité pour cette nuit ?

KUNTZ.

Un gîte, — très volontiers ! — de la paille aussi ! Si vous voulez vous en contenter, vous pouvez rester.

KURT.

Hélas ! auprès d'un foyer hospitalier, dans un entretien cordial, le voyageur oublie les fatigues de la route !

KUNTZ.

Un entretien cordial ? — Bien volontiers ! — La cheminée est aussi tout à vous ! — Quant au feu... je ne puis vous en procurer ; je n'ai pas un morceau de bois, pas un morceau de pain, excepté celui-ci, qui suffit à peine pour nous empêcher de mourir de faim aujourd'hui.

KURT, à part.

Combien la misère de mes parents me déchire le cœur ! — Quelle joie ce serait pour moi de me découvrir à eux ! Mais non, — il faut d'abord que je les éprouve, que je sache s'ils ont révoqué leur malédiction.

TRUDE, bas à Kuntz.

Il a l'air si bon !

KUNTZ.

Il a l'air, — oui. — L'est-il ?

TRUDE, secouant la neige qui couvre Kurt.

Quel bonheur, monsieur, que vous n'ayez pas été enseveli sous les avalanches ! Votre lumière est éteinte ! Êtes-vous venu seul pendant la nuit jusqu'au sommet de cette montagne ?

KURT.

La neige réfléchissait encore les derniers rayons du jour. — Puis, je suis du pays, j'ai l'habitude de gravir les défilés escarpés des Alpes.

KUNTZ.

Un confédéré ? — Compatriote, soyez le bienvenu !

Il lui serre la main.

KURT.

Oh ! cette main ! — Laissez-moi baiser cette main !

KUNTZ.

Laissez — cette main, — ce n'est pas celle d'un saint homme. — Elle est souillée ; toujours prompte à faire le mal. — Si vous n'êtes pas maudit, — évitez-la.

KURT, à part.

Quel fatal enchaînement dans les terribles paroles de mon père !

KUNTZ.

Maintenant vous êtes fatigué ; étendez-vous là : ayez faim et froid en compagnie avec nous.

KURT.

Cela n'est pas nécessaire. — Ma gibecière est bien garnie : — il y a du rôti, un pâté ; — j'ai une bouteille de Kirchenwasser, deux de vin.

Il tire de sa gibecière les bouteilles et les provisions, et les met sur la table.

KUNTZ.

Vous paraissez un riche débauché?

KURT.

Chacun se nourrit comme il peut, — comme il doit. — Maintenant asseyez-vous, — mère Trude, venez ici.

Ils se mettent à table.

TRUDE.

Comment savez-vous mon nom?

KURT.

A droite et à gauche il y a une foule de Trudes.

KUNTZ, à part.

C'est un singulier corps!

KURT, à part.

Comment résister au plaisir et à la douleur qui m'oppressent à la fois?

KUNTZ, à part.

Il est étrange!

KURT, à part.

Ah! mon cœur est déchiré! — (*Haut*). — Monsieur mon hôte, je bois à votre santé. — Faites-moi raison.

Il tire trois gobelets de sa gibecière et les remplit. Aussitôt que Kunts, qui boit beacoup pendant le dialogue suivant, a vidé le sien, il le lui remplit.

KUNTZ.

Ce n'est pas juste que l'hôte boive aux dépens du convive!

TRUDE.

Monsieur est bon! — Il te donne cela de plein cœur! Oh! puisse ton âme retrouver la paix!

KUNTZ.

Bien! — A une heureuse fin!

KURT.

A la réconciliation! — Donnez-moi la main.

TRUDE.

Oh! malédiction, détourne-toi!

KURT, à part.

Malédiction, détourne-toi!

KUNTZ.

Détourne-toi!

TRUDE.

Comme ce vin réjouit le cœur depuis longtemps privé de sa douce chaleur! — Qu'il me fait de bien!

KURT.

Maintenant mangeons. — Voici du jambon, du sau-cisson, un poulet; cela rendra la force et la vie à votre vieil estomac.

TRUDE.

Je ne mange pas de poulet.

KURT.

Ah! — Je n'ose pas en manger non plus.

KUNTZ.

Pourquoi?

KURT.

Eh bien! — prenez donc.

KUNTZ.

Non, — mais si vous le permettez, je m'en tiendrai au vin; il réchauffe.

KURT.

Vous devriez, bonne mère, me prêter quelque chose, — un couteau. — J'ai perdu le mien en chemin.

KUNTZ.

Atteins celui-ci.

Trude se lève, prend le grand couteau suspendu à un clou et le donne à Kurt, en se rasseyant à table.

KURT.

Celui-ci! — N'en avez-vous point d'autre?

TRUDE.

Non, — c'est l'unique!

KURT, à part.

Oh! la tache de sang y est encore! malheureux, puissé-je n'être jamais venu au monde!

KUNTZ.

Vous remarquez donc cela aussi, vous?

KURT.

La tache de sang?

KUNTZ.

La tache de sang? — hein? — Cette tache est une tache de sang? — Qu'en savez-vous?

KURT.

Rien! — mais le couteau semble rouge.

KUNTZ.

Versez, monsieur l'hôte! — Ce qui est fait est fait! — celui qui y songe est un fou!

KURT.

Buvez! — Au bonheur de votre fils! — si vous en avez encore un.

TRUDE.

Oh!...

KURT.

Mère!...

KUNTZ.

Assez sur ce sujet; tout est fini pour lui! — Que notre fin aussi soit irrévocablement arrêtée, — telle qu'elle nous convient!

TRUDE.

Et non telle que nous la méritons !

KURT.

A une mort heureuse qui efface toute malédiction !

KUNTZ.

J'ai déjà bu à cela ! — Vous me paraissez un singulier hôte avec votre couteau de chasse et vos pistolets à la ceinture ; vous avez l'air d'un terrible chasseur, — Comment vous êtes-vous trouvé ici de nuit ?

KURT.

Je venais de Kanderstæg ; j'avais l'intention d'être demain à Leuk ; voilà pourquoi je ne me suis pas arrêté en route.

KUNTZ.

Alors, compatriote, demain matin nous irons ensemble à Leuk.

KURT.

Votre main qui m'étreint est glacée comme la mort.

KUNTZ.

La craignez-vous, la mort ?

KURT.

Non ! — J'ai déjà vu ses menaces de bien près ; j'ai été soldat.

KUNTZ.

Trinquons, camarade. — Dans le Corps suisse ? — J'y ai servi ; je sais ce que c'est. — Vous allez nous raconter quelque bataille ; moi aussi, il faut que je me prépare pour un combat.

KURT.

Vous avez un fils ?

KUNTZ.

Ah ! laissez donc !

TRUDE.

Il était tout enfant quand il mourut.

KUNTZ.

Silence ! — N'en parlons plus !

KURT.

Donnez-moi l'exemple, si vous voulez que je vous raconte quelque chose ! — Je suis souvent venu ici, dans cette maison. — Dans tout le district de Leuk, il n'y avait pas d'auberge telle que celle de Schwarrbach !

KUNTZ.

Dieu me damne ! vous savez tout.

KURT.

On semble mener maintenant ici une malheureuse existence ; vous parlez de misère, d'indigence !

KUNTZ.

Allons ! cela peut-il vous intéresser ? — Trinquons, à la guerre !

KURT.

Comment êtes-vous tombés dans cet état ?

KUNTZ.

Eh bien ! — puisque vous savez tant de choses, — eh bien ! vous avez été soldat, camarade, vous savez tout ce qu'un homme peut supporter, et, à l'occasion, — tout ce qu'il peut faire de mal ! Vous paraissez aussi bien agité, — comme si vous aviez votre part de malédiction !

TRUDE.

Excusez-le ! le vin lui a troublé la cervelle.

KUNTZ.

Quoique mes cheveux aient blanchi, je suis encore un homme ! — Il y a quelques années, je l'étais bien plus encore. J'ai été soldat. — A la guerre on ne cueille guère de roses ! — Je me suis conduit en brave, et j'ai fendu la tête à plus d'un ennemi ; aussi le Conseil de Berne m'a donné avec mon congé un certificat imprimé qui atteste mes services. — Mon père, Christophe Kuruth ! — Dieu ait son âme ! — C'était encore une mauvaise tête, un sang bouillant ! — Cette auberge était la sienne. — On me donna mon congé. — Le reste, nous n'en parlerons pas.

KURT.

Ce verre au repos de l'âme de votre père !

KUNTZ.

Non !

TRUDE.

Trinquons ! — A l'expiation !

KUNTZ.

Femme, comment cela peut-il se faire ? — Chaque goutte de ce vin me brûlerait comme du feu. — Oui, monsieur, mon père m'était cher ! — J'ai été bien des fois au-devant d'une pluie de balles, sans trembler, hardiment, avec joie même. — Mais quand la malédiction vous a frappé, c'est alors qu'on tremble !

KURT.

Laissez cela !

KUNTZ.

Non ! — Il faut que vous en jugiez vous-même ! — Quand j'eus obtenu mon congé, feu mon père me prit avec lui dans l'auberge ; car l'état d'aubergiste était devenu rude pour lui. Moi, qui étais un gaillard de trente ans, plein de force et de jeunesse, je voulais m'unir à une femme pour partager avec elle mes plaisirs et mes peines. J'avais de quoi choisir, mais mon penchant m'entraînait toujours vers Trude. Elle était belle, savait lire et écrire ; nous nous aimions bien ; son père était pasteur dans le canton de Berne. D'aussi pieux personnages ne laissent pour héritage que des livres et des enfants. — Elle était pauvre, j'avais une maison et un état. — Pouvais-je la haïr, la délaisser, parce qu'elle avait été faible un instant ? — Monsieur, quand on a commencé, il faut finir. — En un mot, je conclus le mariage.

TRUDE.

Contre la volonté de son père ! Ah ! cela m'a causé bien des tourments !

KUNTZ.

Oui, nous nous sommes mariés à son insu, secrètement.
— Monsieur, cela m'a donné bien des peines ! — Mon
père était un méchant homme ; tous les jours il se met-
tait dans des colères terribles ; il traitait ma femme de
bâtarde ; monsieur, cela me perçait le cœur. Celui qui
insulte notre femme nous fait plus de mal que s'il nous
enlevait notre fortune et la vie. — Un jour, — il y a vingt-
huit ans à cette heure, que l'acte de malédiction s'est ac-
compli, — il était minuit ; — c'était en février, — le vingt-
quatre, — j'entrai dans cette chambre ; la lune éclai-
rait de ses rayons cette scène terrible ! — Je revenais
de Leuk des fêtes du carnaval ; j'avais la joie dans le
cœur. Ma femme était restée à la maison. Le vieillard,
plein de colère et de rage avait donné cours à ses
criailleries journalières, comme d'habitude ; — mon
sang bouillant s'enflamma dans mes veines, — mes
poings se serraient. — Elle pleurait. — Dieu peut m'en
punir ! — Je le sais, ce que j'ai fait n'est pas bien ;
mais voir injurier sa femme, une femme sans défense,
et qu'on aime, cela fait bien du mal ! — Qu'en pensez-
vous ! — Vos yeux sont pleins de larmes !

KURT.

Il faut toujours que l'homme soit en garde contre les
transports que le Génie du mal lui souffle de l'enfer !
— Continuez.

KUNTZ.

Vous êtes un homme sage. Puissé-je avoir pensé ainsi !
— J'étais exaspéré, et je faisais semblant de rire ! Mon
père grondait, querellait, vomissait ses injures ; je com-
primais ma colère et j'avais l'air calme. Le vieillard était
furieux ! — Je le regardai en riant et je pris ma faux :
« L'herbe est bientôt poussée, il faut l'aiguiser, » dis-je.
« Mon père peut gronder tout à son aise, je vais faire
« de la musique. » Et en aiguisant ma faux, je sifflais
cette petite chanson :

> « Un chapeau sur la tête,
> « Une plume sur le chapeau,
> « Une chemise au dos,
> « Sur la chemise des rubans de diverses couleurs. »

Je chantais gaîment ! — Le vieillard se mit à écumer,
à frapper du pied ! — C'était à n'y pas tenir ! — « Pros-
tituée ! » — dit-il à ma femme. — Cela me perça le cœur,
monsieur ! — Je ne pus me contenir plus longtemps. —
Le couteau, — avec lequel j'aiguisais ma faux, — cette
arme de malheur, — eh bien ! — je le lui lançai. — Il
aurait pu lui fendre la tête ; mais il ne l'atteignit pas !
— N'est-il pas vrai, femme, il ne l'atteignit pas. — Dieu
soit loué ! — Non !

TRUDE.

Non !

KUNTZ.

Cependant le vieillard était au comble de la rage, il
était bleu ! — « Malédiction sur toi, » dit-il avec un
mouvement convulsif, « sur toi, sur ta femme et sur les
fruits de votre amour ! » — Trude était dans le troi-
sième mois de sa première grossesse ! Le vieillard ras-

semblant encore une fois ses forces ; — il était assis là
dans ce fauteuil : — « Malédiction sur vous et sur vos
enfants ! » — cria-t-il d'une voix terrible. — « Que le
sang de votre père retombe sur vous et sur eux. — Assassinez l'assassin comme vous m'assassinez ! » — Alors
il fut frappé d'appoplexie, et, — je sentis en moi toutes
les flammes de l'enfer ! — Il mourut là, à cette place !

TRUDE.

Qu'avez-vous ? — Vous pâlissez, monsieur !

KURT.

Ce n'est rien ! — Cette histoire effroyable et, — peut-
être le vin. — Je suis mieux ! — Buvons ! — Là-haut la
malédiction n'a plus d'écho.

TRUDE.

Entends-tu ?

KUNTZ.

On peut par vous en savoir quelque chose ; — je le
pense aussi. — Le vieillard était un méchant homme ;
tout jeune il s'était fort mal conduit. Quand nous étions
enfants, il nous raconta un jour dans son ivresse qu'il
avait traîné par terre par les cheveux son père, parce
qu'il le tourmentait souvent ! — Je lui ai seulement jeté
le couteau à la tête. — Il est mort, c'est vrai, — mais
est-il mort de cela ! Il était assez vieux ! — Qu'en sait-
on ? — On dit que lorsqu'un fils a tué son père, la main
avec laquelle il a frappé sort du tombeau ! — C'est un
préjugé ridicule ! — J'ai vu mille fois le tombeau de
mon père ; il y avait de l'herbe dessus, et il n'en sortait
pas de main.

KURT.

Vous vouliez me dire comment votre auberge est dé-
chue de son ancienne splendeur.

KUNTZ.

Oui, c'est singulier, depuis la mort de mon père, je
n'ai eu ni chance ni bonheur ! Nous continuâmes à bien
nous aimer ; mais on eût dit que l'ombre du vieillard se
dressait entre nous, depuis qu'il avait prononcé la malédiction ! — Peu de temps après Trude accoucha d'un
fils, — Dieu ait pitié de lui ! — qui portait déjà au bras
gauche le signe de Caïn, le sceau du fratricide, une faux
rouge de sang ! — Probablement pendant la grossesse
l'imagination de la mère avait été frappée de cette idée,
— et l'enfant en portait l'empreinte ! — Monsieur, cet
enfant fit un jour mon désespoir ! — Maintenant, — je
lui pardonne !

KURT.

Vous lui pardonnez !

KUNTZ.

Dieu soit loué ! il est mort ! — Cinq ans après, ma
femme mit au monde une fille ! on eût dit un ange.
(*Kurt se lève*) — Que cherchez vous ?

KURT.

Rien ! Je ne puis pas rester longtemps en place !
Il se promène pendant que Kuntz continue son récit.

KUNTZ.

C'est comme notre Kurt ! — Il était toujours agité

par l'enfer ! — Du reste l'enfant n'était ni sot ni méchant ; — mais toujours il était en mouvement, d'un caractère inconstant et léger. — Etait-ce l'effet de la malédiction ?

KURT.

Que sais-je ? — Il fait froid chez vous !

KUNTZ.

Oui. — Un jour, en février, la petite fille avait alors deux ans, le garçon sept ; — c'était à l'anniversaire de la mort de mon père ! — le couteau de malheur était par terre, là ; — les deux enfants jouaient sur le seuil de la porte ; — ici était la mère, qui précisément venait de tuer un poulet.

TRUDE.

Oh ! je ne puis y penser sans frémir ! J'entends encore le cri du poulet, terrible comme la malédiction, comme son père, quand il était là, à son dernier râle.

KUNTZ.

Le jeune garçon avait vu tuer le poulet — « Viens, dit-il à sa petite sœur, nous allons jouer au jeu de la *Cuisine*. Je serai la cuisinière, toi, tu seras le poulet ! » — Je le vis alors se saisir du couteau, je m'élançai ! — Mais, — c'était déjà fini. — La petite fille était baignée dans son sang. — Son frère lui avait coupé le cou ! — Vous pleurez ? — Oui, monsieur, j'ai bien souffert.

KURT.

Alors vous l'avez maudit ?

KUNTZ.

Remarquez bien ceci. — Le tribunal, parce que c'était un enfant, ne le punissant pas, il fallait bien que je vinsse en aide à la justice. — Je l'ai maudit, — moi.

KURT.

Avez-vous révoqué cette malédiction, si précipitamment donnée ?

KUNTZ.

Certainement ! — Dieu lui donne une paix éternelle ! — Là-haut, — n'est-ce pas ? — on n'est plus sous le coup de la malédiction.

KURT.

(*A part.*) O mon père ! (*Haut*) Et si le malheureux revenait repentant ?...

KUNTZ.

Non ! — lui pardonner, — oui ; — mais le recevoir, — jamais !

KURT.

(*A part.*) O douleur ! (*Haut.*) Depuis lors n'avez-vous pas entendu parler de lui ?

TRUDE.

Dans le premier accès de colère son père voulait le tuer ! — Dans mon trouble je ne savais que faire pour le sauver. Je l'envoyai chez mon oncle à Thun. C'était un recteur, — un grand savant. — Il m'écrivait : « Votre « fils a du cœur ; il est fort et plein de disposition pour « s'instruire ; cependant il faut qu'il soit né sous une

« mauvaise étoile ; toujours il est perdu dans les régions « infinies du vague. — Aucune application, aucun juge- « ment ; — toujours inquiet, distrait. — Et quand je lui « fais des reproches, il me regarde et pleure, — puis il « parle d'une faux au bras qui ne lui laisse aucun re- « pos ! » — Voilà ce que m'écrivait mon bon oncle. Il n'était, pas plus que personne, instruit de l'existence de ce sceau fatal du fratricide.

KURT.

Quand il partit, — pleurâtes-vous beaucoup ?

TRUDE.

Oh !

KUNTZ, bas.

Trude, prends garde ! — Ce chasseur me semble un sorcier, il sait tout ce qui est arrivé ! — Dieu veuille que je n'aie pas affaire à lui de trop près.

TRUDE.

Vous savez qu'il s'est enfui ?

KURT.

Je le supposais seulement.

KUNTZ.

Vous le supposiez ?

TRUDE.

Jamais il n'était content de son sort. Il s'était déjà enfui plusieurs fois de l'école ; mon oncle l'avait mis en apprentissage chez un ouvrier ; il s'échappait plus fréquemment que jamais, — pourtant il y retournait. Voyant qu'avec lui c'était peine perdue, pour le dompter, mon oncle le mit dans une maison de correction. — Il s'enfuit de là sérieusement. Ce fut précisément un vingt-quatre février ; il pouvait alors avoir quatorze ans. — C'était l'époque de la Révolution. — Il partit pour Paris, comme soldat, je crois, — c'est du moins ce qu'on écrivait à mon oncle, — et il y resta.

KURT.

Et s'il revenait, ce fils vagabond ?

TRUDE.

Qui revient de là-bas ?

KUNTZ.

Je crois que vous vous moquez de nous ! — Vous l'avez entendu, — oui, — il est mort. — Par le diable, — n'en parlons plus !

KURT, qui jusque là n'a cessé de parcourir la chambre dans tous les sens.

Oui ! — Comment êtes-vous tombés dans la misère ?

KUNTZ.

Qu'y a-t-il tant à vous apprendre à ce sujet ? — Avec vos questions, vos regards, vos promenades, vous décontenancez un homme ! — La grange fut brûlée, le troupeau fut frappé de mortalité, les avalanches ruinèrent le pré, le grand, celui dont j'avais hérité de mon père. Vous avez encore vu la neige amoncelée sur le chemin, en venant de Kanderstaeg. A deux lieues à la ronde ce ne sont que rochers arides. C'étaient autrefois do gras pâturages, — c'était à moi! Il y a douze ans que l'avalanche se précipita du Rinderhorn; — hommes et bétail furent ensevelis sous la neige; c'est à peine si l'on pourrait dire le nombre des victimes. — Ce n'était pas un jeu d'enfants. — Ces accidents, et pour comble d'infortune, une année de stérilité, nous ont fait contracter des dettes, nous ont plongé dans la misère! — Et c'est toujours un vingt-quatre février que les plus sensibles malheurs nous sont arrivés!

KURT, en se se rasseyant à table.

Que votre misère me fait de peine! — puissé-je la soulager!

KUNTZ.

Très bien, — si vous avez beaucoup d'argent, prêtez-nous-en!

KURT.

De l'argent? — Oui, j'en ai assez; je voudrais faire mieux que vous en prêter! — Quant à présent, soyez tranquille. D'ici demain matin Dieu peut venir à votre secours.

KUNTZ.

— Oui, — vraiment? — Dieu? — Comment? — Dieu, — ou bien le diable!

TRUDE.

Tu te tourmentes toujours.

KUNTZ.

Oui, j'ai mes soupçons. — Vous me semblez tenir le milieu entre un sorcier et un curé; je n'aimerais pas beaucoup, monsieur, à avoir affaire à de pareilles gens.

KURT.

— Ah! père Kuntz.

KUNTZ.

C'est bien mon nom! — Après tout, votre vin est bon! — Mais quelle raison avez-vous pour gravir ces rochers au milieu des ombres de la nuit?

KURT.

L'histoire de ma vie est bien sombre aussi!

KUNTZ.

Voilà qui me fait plaisir. — Vous êtes alors mon camarade!

KURT.

Tout enfant, dans un moment de criminel oubli, j'ai comme votre fils commis — un meurtre.

KUNTZ.

Hoho! — Comment cela s'est-il passé?

KURT.

Ne rouvrez pas ma blessure; — déjà mon cœur commence à saigner. — Mon crime me poursuivait, — je m'enfuis à Berne. Je me mis en qualité de domestique au service d'un seigneur. Il eut confiance en moi, quoiqu'il ne me connût pas; mais j'étais un compatriote, j'avais l'air d'un honnête garçon; il était capitaine dans

le régiment des suisses dont plus tard la terrible histoire eut Paris pour théâtre! — Ce fut à regret qu'il s'éloigna de la patrie. — Il partit. — Il me fallut le suivre à Paris.

KUNTZ.

Tout y était dans un terrible bouleversement.

KURT.

Imaginez-vous que les glaciers, qui couronnent les crêtes des Alpes, se détachent, tombent dans la vallée au milieu d'un déluge de flammes, en se heurtant les uns contre les autres, écrasent les pâtres, qui contemplent sans pâlir, tranquilles, — cette scène de destruction et allument des feux de joie sur les bords de l'abîme qui va les engloutir; — figurez-vous tout cela, — et vous avez l'image de Paris.

KUNTZ.

Vous avez vu tomber nos confédérés, les Gardes? Vous avez vu la prise des Tuileries?

KURT.

J'ai vu la nuit mémorable qui enfanta tant de malheurs! — C'était une nuit d'été sombre et brûlante; aucune étoile ne brillait; toutes les lumières semblaient s'être éteintes pour ne pas éclairer cette terrible scène! — Laissez-moi, moi qui suis maudit, passer sous silence cette nuit, signe éternel de la malédiction des peuples.

KUNTZ.

Après?

KURT.

Nos frères étaient tombés loin de la patrie et du toit domestique, — au service d'un roi dont ils n'étaient pas les vassaux, auquel ils n'étaient attachés que par les liens de l'honneur et du serment. — Mon maître, que j'eus le bonheur de sauver aux Tuileries par une porte dérobée, mon maître voulut s'enfuir dans un autre hémisphère. Des malheurs communs, une commune patrie nous liaient l'un à l'autre; d'ailleurs, le besoin de changer de lieu me décidait; — puis, il eût été au bout du monde que je l'aurais suivi, tant je lui étais attaché! — Nous nous embarquâmes pour Saint-Domingue avec tout ce qui lui restait d'argent. Après avoir échappé à bien des dangers, nous arrivâmes enfin, sans avoir trop à nous en féliciter.

KUNTZ.

Vous avez, à travers les mers, atteint le Nouveau-Monde?

TRUDE.

Les hommes doivent y être bien heureux!

KURT.

Oui, quand (*montrant son cœur et sa tête*) quand ceci et cela restent purs; sinon tout va dans le Nouveau-Monde comme dans l'Ancien. — Mon maître se fit planteur! — Chaque jour je lui devenais de plus en plus cher. — « Je fais mon tout, » disait-il souvent en plaisantant, « ma vie pour enjeu! » — La malédiction est contagieuse comme la peste! — Je fus atteint de la fièvre jaune: en

me soignant il gagna mon mal! Il mourut en me serrant
sur son cœur.

KUNTZ.

Lui aussi, quand le couteau tomba, devint bleu! —
La mort, ce peintre cruel, connait le jeu des couleurs.

KURT.

Ah! pourquoi la mort ne m'a-t-elle pas pris à sa place,
moi, qu'un meurtre avait déjà rayé du livre de vie! —
Les plantations de mon maitre étaient devenues ma
propriété; car il m'avait couché sur son testament!
J'étais riche; mais j'avais toujours le cœur serré! —
Quand le remords nous déchire la conscience, tout l'or,
tous les plaisirs du monde ne peuvent pas éteindre le
feu qui nous dévore!

KUNTZ, à demi-voix à Trude.

Tu l'entends? — Ne dois-je pas?..

KURT.

Cependant l'espérance marche toujours à côté du
désespoir, et de même que la poule étend les ailes sur
ses petits quand le vautour fond sur eux, de même la
clémence nous couvre de son bouclier, qu'elle oppose
aux traits de la vengeance, ce bourreau toujours éveillé.
— C'est ainsi que je me berçais de l'espoir de trouver
dans ma patrie le pardon de toutes mes fautes. — Les
lacs de la Suisse, ses cascades me criaient dans mon
exil lointain : — « Viens! » — Les froids glaciers, à l'aspect de mes cuisantes douleurs, me criaient : — « Nous
fondrons! Viens! » — Les clochettes des troupeaux des
Alpes murmuraient doucement ces magiques paroles :
— « Enfants de la paix, nous t'annonçons la paix!
Viens! » — L'heureuse influence des astres me rappe-
lait du Nouveau-Monde dans l'Ancien! — Je reviens
pour donner du bonheur à mes parents, que je n'ai pas
vus depuis vingt ans. Je rapporte bien des trésors du
Nouveau-Monde! — J'ai laissé mon mulet à Kanderstæg!
On me l'amènera demain! — Alors je veux, fils repentant et soumis, obtenir en place de la malédiction la
bénédiction de mes parents. Je sens comment demain
dans leurs bras je renaîtrai pour une nouvelle vie!

*Kunts quitte la table; Trude, qui s'est levée depuis un instant et
qui a préparé un lit de paille dans l'autre chambre, revient pendant le dialogue suivant.*

KUNTZ.

Où sont vos parents?

KURT.

Ici, — à une lieue seulement.

KUNTZ.

Vraiment! — Ah! je ne savais pas! — J'avais toujours cru qu'à trois lieues à la ronde il n'y avait que
des rochers arides! — N'importe! laissons cela. — Vous
m'avez l'air d'un rusé coquin; vous avez déjà beaucoup
parcouru le monde : vous avez entendu crier les lacs et
chanter les glaciers! Oui, — c'est très instructif, les
voyages!

TRUDE.

Peut-être à Paris vous avez eu des nouvelles de notre
fils?

KURT.

Du pauvre Kurt Kuruth?

KUNTZ, à part.

Il sait aussi ce nom!

TRUDE.

Ils l'ont égorgé, dit-on, — il est tombé victime de leur
fureur!

KURT, à part.

Je veux les éprouver. — (*Haut.*) Oui, les cruels l'ont
tué. — Son sang a coulé; c'est dans mes bras qu'il est
mort.

TRUDE.

Oh! que n'est-il encore vivant! Que j'aurais de plaisir
à tout lui pardonner!

KURT, sur le point de tomber à ses genoux.

Oh!

KUNTZ.

Pas de grimaces, monsieur! nous ne nous effrayons
pas si facilement. — Allez-vous reposer. — Bonne nuit!
— Vous pouvez coucher là, dans cette chambre.

TRUDE.

Je vous ai préparé de bonne paille.

KURT.

Voudriez-vous m'éveiller demain matin à huit heures?

KUNTZ.

Oui! — Si ce n'est pas moi, ce seront les gens qui
viendront demain matin me chercher pour me conduire
en prison.

KURT.

Dieu de miséricorde!

KUNTZ.

N'est-ce pas là le cri des corneilles?

KURT.

A quelle heure viendront les agents?

KUNTZ.

A l'heure à laquelle vous cesserez de dormir, à huit
heures.

KURT.

Oh! alors, éveillez-moi à sept.

KUNTZ.

Vous n'aimez pas à avoir affaire à la justice! — Peut-
être l'avez-vous eue déjà plus d'une fois à vos trousses?

KURT, à part.

La douleur, la joie m'agitent les nerfs et ne me per-
mettent pas le repos! —

KUNTZ.

Maintenant — allez vous coucher!

KURT.

Bonne nuit!

KUNTZ.

Bonne nuit.

KURT.

Tout va s'éclaircir, l'erreur, la malédiction ! —

TRUDE.

Dormez bien ! —

Elle allume la lanterne de Kuntz à la lampe qui brûle sur la table et la donne à Kurt.

KUNTZ.

Et — faites le signe de la croix pour éloigner le diable !

Kurt s'en va dans le cabinet avec la lanterne.

TRUDE.

Il s'en va !

KUNTZ.

Maintenant, — enlève ce qui est sur la table ! — C'est bien là un dernier repas de condamné ! — Allons , demain ce sera fini , les folies aussi bien que les tourments ! —

Il s'assied dans le fauteuil près de la table.

TRUDE.

Elle prend le couteau qui est sur la table et le remet au clou placé près de la faux.

Je ne puis oublier l'étranger.

KURT, dans le cabinet, se parlant à lui-même.

Me voilà dans cette même maison, sous le même toit que ceux qui m'ont donné la vie , une vie sans cesse agitée ! — Oh ! sois brisé, toi, mon frêle bâton de voyage ! — Détourne-toi, malédiction, signe de la vengeance !

Il se déshabille pendant le dialogue suivant.

KUNTZ, à Trude, qui regarde à travers les fentes de la cloison.

Fi donc ! écouter ! — Honte à toi, femme ! — écouter aux portes !

TRUDE.

Il déboucle sa ceinture... — Il la pose sur la table... — Elle est grande et bien garnie.

KUNTZ.

La tête , je crois , ne fait plus mal à celui à qui il a jadis enlevé cette ceinture !

TRUDE.

Que signifie ce langage ?

KUNTZ.

Couche toi.

KURT, dans le cabinet.

Dans cette petite chambre si tranquille, quand j'étais enfant, je me suis souvent endormi au son du cor des Alpes. — Plût au ciel que ces songes dorés ne m'eussent jamais abandonné !

Il se jette, à demi déshabillé, sur un vieux fauteuil qui se trouve dans le cabinet.

TRUDE.

Il continue de se parler à lui-même... — Il parle d'or...

KUNTZ.

Va te coucher !

TRUDE.

Ne sois pas si brusque ! — j'y vais. — Ne viens-tu pas aussi ?

KUNTZ.

Pas encore.

TRUDE.

Il parlait tant de notre fils... — si souvent !

KUNTZ.

Dieu me damne ! — si tu ne te tais pas, — je m'enfuis cette nuit de la maison.

TRUDE.

Kuntz ! — Dieu ! quelle idée ! Ah ! si c'était lui-même, notre fils qu'on croit mort ? — S'il revenait ? Si... — Ah ! il a toujours sa place dans mon cœur ! Oh ! ne te fâche pas en voyant les pleurs d'une mère !...

KUNTZ.

Femme , sur mon honneur de soldat, je ne supporterai pas cela plus longtemps ! Ce que tu en fais, c'est, je crois, pour te moquer de moi. — N'as-tu pas lu imprimé que, de tout le bataillon suisse, dans lequel Kurt servait , pas un seul homme ne s'est sauvé , que tous ont été égorgés pendant la Révolution, pendant une nuit, dans laquelle l'étranger prétend faussement avoir assisté au massacre ! — Notre fils , qui depuis lontemps est dans le tombeau, reviendrait ! — Bien, il faudrait aussi que notre père revint recommencer ses menaces, — ses injures. — Mon fils ! — Non ! il est mort en punition de ses crimes ! Celui qui a franchi l'étroite limite qui nous sépare de la tombe ne la repasse pas. —

KURT, dans le cabinet.

Qu'est-ce donc qui m'a empêché de me faire connaître dès aujourd'hui ? — Il y avait là entre nous tant de confiance, tant de cordialité ! — Avec quel plaisir j'aurais dès aujourd'hui versé mes larmes dans le sein paternel ! — Mais on eût dit que l'enfer s'ouvrait entre eux et moi, et l'aveu, qui est venu tant de fois sur mes lèvres, s'est toujours renfoncé brusquement dans ma poitrine ! —

TRUDE, qui s'est jetée sur la paillasse placée au fond du théâtre, se levant sur son séant.

Mais l'étranger, — qui est-il ?

KUNTZ.

Qui est-il?... — C'est un drôle qui n'a pas un cheveu de bon sur la tête.

TRUDE.

Ses parents , a-t-il dit , ne demeurent qu'à une lieue d'ici.

KUNTZ.

C'est faux ! — Ici , sur les sommets des Alpes, surtout en hiver, il n'y a d'habitants que les hiboux et nous.

TRUDE.

Il est si doux !

KUNTZ.

Oui ! — Il t'en a l'air. — N'as-tu pas vu qu'il s'agitait sans cesse, qu'il ne pouvait tenir en place, qu'il nous regardait avec un œil de feu ? — J'ai été soldat, — femme, je m'y connais ! J'ai rencontré bien des coquins qui se seraient tenus à leur poste, au milieu même d'une pluie de balles. On les reconnaissait à leur œil menaçant, à leur démarche inquiète et vagabonde. C'est le diable en personne qui a pris possession de ce drôle et l'agite sans cesse ; aussi il lui faut toujours remuer, toujours courir.

TRUDE.

Il a laissé là son vin ; bois un coup ! — cela te réchauffera.

KUNTZ.

A sa prospérité !

Il se verse un verre de vin et le boit. Il renouvelle souvent ses libations pendant le dialogue suivant, comme par distraction.

TRUDE, *étendue sur la paillasse et à demi endormie.*

Dieu lui soit en aide à l'heure où l'âme et le corps se séparent !

Elle s'endort.

KUNTZ.

Je voudrais dire Amen ; mais depuis l'acte criminel, l'acte qui a provoqué la malédiction, je ne le puis pas ! — Le pourrai-je plus tard ?

KURT, *dans le cabinet.*

Dieu de clémence, ne me laisse pas m'enfoncer dans le gouffre de mes pensées ! Puisse le fantôme sanglant du meurtre rentrer dans l'abîme ! Puissé-je me réconcilier avec l'ombre de ma sœur, dont les regards compatissans se tournent peut-être vers moi, réchauffent et raniment mon cœur glacé ! — Déjà la glace se fond ! — Dieu soit loué, mes larmes coulent.

KUNTZ, *regardant l'horloge.*

Il est minuit bientôt ! — Demain quand l'aiguille marquera midi, tout sera fini pour moi ! — Car demain matin ! — Hé ! — comme les hiboux crient ! — cela signifie : « Marche, Kuruth, précipite-toi dans le lac ! » — C'est étrange. — Faut-il donc qu'il en soit ainsi ?

TRUDE, *poussant en dormant un profond soupir.*

Ah !...

KUNTZ.

Elle aussi gémit ! — C'est ici une maison de douleur, où les crimes s'entassent sur les crimes, où toujours le père transmet son funeste héritage à son fils comme lui maudit. — Aucun être ne peut s'y livrer à la joie ! — Ce chasseur seul le pourrait-il ? Il a de l'or, oui ! — Il en a, eh bien ! qu'il le garde ; moi j'ai son vin ! Vin, peux-tu me sauver de l'eau ? — Me sauver ?..... — L'or du chasseur le pourrait — me sauver ! — Non ! Quel nouveau démon m'inspire cette pensée ?

TRUDE.

Elle chante en dormant.

« Pourquoi ton glaive est-il rouge ?
« Édouard... ?...

KUNTZ.

Elle chante en dormant , — c'est étrange à entendre.

TRUDE, *continuant.*

« J'ai frappé à mort un vautour. —

KUNTZ.

Cela fait frémir ! — Sa respiration est pénible, embarrassée ! Elle semble faire un mauvais rêve... Il faut l'éveiller.

TRUDE, *continuant.*

« Voilà pourquoi mon glaive est ..... »

KUNTZ, *à haute voix.*

Trude !

TRUDE, *se réveillant.*

Quoi ? qu'est-ce ?

KUNTZ.

Qu'as-tu ?

TRUDE.

Ah ! mon cœur est bien serré !

KUNTZ.

Tu chantais en dormant ?

TRUDE.

Moi !

KUNTZ.

Oui, — *Le vautour frappé à mort !*

TRUDE.

Cette chanson m'a trotté dans la tête toute la journée.

KUNTZ.

N'est-ce pas la vieille chanson qui a pour refrain :

« J'ai frappé à mort mon père,
« C'est pour cela que mon glaive est si rouge ;
« En êtes-vous coupable, mère ? »

TRUDE.

Oui ! — hélas, oui !

KUNTZ.

Une vilaine chanson !

TRUDE.

Viens te coucher ! — J'ai peur.

KUNTZ.

Bientôt !

TRUDE.

Je vais me lever. — Je ne puis pas dormir tranquille ! — Ah ! Dieu, que les heures du châtiment sont terribles.

Elle se lève en pleurant.

KUNTZ.

Oui ! — c'est une mauvaise herbe que la malédiction !

KURT, dans le cabinet, priant à genoux.

Quand mon heure sera venue, ne m'abandonne pas, mon Dieu ! Ouvre-moi les portes du ciel ! Quand mon cœur sera brisé par les plus cruelles tortures, par la vertu de tes souffrances, délivre-moi des miennes !

Il continue à prier à voix basse, toujours à genoux.

KUNTZ.

C'est une sotte chanson que celle du *Glaive rouge !* — Il me semble qu'une hache tombe sur mon cou glacé ! — J'ai froid !

TRUDE.

Moi aussi !

KUNTZ.

C'est la fièvre. — C'est lui qui est la cause de tout cela, ce voleur ! — Si j'avais la certitude qu'il le fût, il aurait trouvé son homme. A la guerre, j'ai séparé à bien d'autres la tête du tronc.

TRUDE, en tressaillant.

La tête du tronc !

KUNTZ.

Cela te fait frémir ! Pense au testament de mon père ! — Brrr ! (*regardant l'horloge*), comme l'aiguille marche. — J'ai froid. — Fais du feu !

TRUDE.

Ai-je seulement un morceau de bois ?

KUNTZ.

Prends la faux ! — Elle ne peut plus me servir, — cette arme de malheur ! — Il y a longtemps qu'elle mérite d'être brûlée.

TRUDE.

Je frissonne toutes les fois que j'en approche !
Elle prend la faux, brise le manche et fait du feu avec les morceaux.

KURT, dans le cabinet, se relevant.

Je suis déchargé de la malédiction, mes pressentiments se confirment. Il me semble entendre au ciel cette parole que murmuraient les clochettes des Alpes : « Paix. » Déjà le sommeil me gagne ; — il vient sous le toit domestique réparer les forces de mon corps fatigué. — A cette cloison, que je n'ai pas vue depuis si longtemps, j'ai souvent suspendu mon cor de berger, voilà encore le clou auquel je l'attachais. — Mes souvenirs d'enfance me reviennent à la mémoire. Je revois mes joues vermeilles comme celles des anges et ma petite sœur, qui, de ses petites mains, tresse pour moi une couronne de roses des Alpes ! — Mais un invincible effroi vient me saisir sur le sol de la patrie !

Il suspend ses habits à un clou fixé dans la cloison qui sépare la chambre du cabinet ; le clou cède et tout tombe.

KUNTZ.

Qu'est-ce qui tombe ?

TRUDE.

Je ne sais pas.

KUNTZ.

C'est étonnant combien j'ai le cœur triste et serré ! — Reprends la Bible !

Trude apporte la Bible à Kuntz et se rassied près du feu.

KURT, dans le cabinet.

Le clou ne veut plus supporter mes vêtements ! — C'est qu'aussi ils sont plus lourds ! — Allons, que je le redresse.

KUNTZ, lisant la Bible.

« La bénédiction du père bâtit des maisons aux en-« fants ; mais la malédiction de la mère les renverse. » — Ce n'est pas vrai ! la bénédiction de la mère seule bâtit, c'est la malédiction du père qui renverse.

Kurt a redressé le clou auquel il a suspendu ses habits ; mais l'ébranlement qui en est résulté a fait tomber aux pieds de Trude le couteau suspendu de l'autre côté de la cloison.

TRUDE, effrayée se précipitant vers Kuntz.

Ah !

KUNTZ, se levant et quittant avec précipitation le fauteuil dans lequel il était resté assis jusque là, tout absorbé par ses pensées.

Attends ! — quelle idée !

TRUDE.

Le couteau vient de tomber.

KUNTZ.

Ce coquin n'a-t-il pas dit — qu'il était un assassin !

TRUDE.

Non !

KURT, dans le cabinet, se préparant à se coucher.

Maintenant, — Dieu soit loué ! j'ai atteint le but ! — — Mon domestique amènera demain matin mon mulet que j'ai laissé bien chargé au village le plus voisin. — Alors mon or m'ouvrira les portes du paradis terrestre. (*Il prend sur la table sa ceinture remplie d'argent et la place sous la tête de la paillasse qui est au fond de la chambre.*) Viens, mon or chéri, c'est toi qui m'as rendu le retour possible, — toi, qui te caches dans de profonds abîmes ! Je t'ai noblement gagné ; tu es la récompense de longs et constants efforts ! — Je t'apporte du Nouveau Monde dans l'Ancien, et je te mets entre les mains de mes parents ; puisse Dieu nous venir en aide à tous ! (*Il se jette sur la paillasse*) Salut à toi, patrie !

Il s'endort ; la lanterne qui est dans le cabinet s'éteint.

KUNTZ.

Il a dit — qu'il a commis un meurtre ! — Hé ! — La tête de ce coquin est à prix. — Tout homme peut le piller, le dépouiller impunément ; la loi le permet ; elle l'ordonne même !

TRUDE.

Au nom de Dieu, mon ami !

KUNTZ.

Je pourrais le tuer. — Personne ne s'en inquiétera. —

Un assassin ! — Tout homme serait absous pour ce meurtre.

TRUDE.

Par le sang du Christ !

KUNTZ.

Allons, point de bruit ! — Je n'en ferai rien ! — Je veux seulement... — Il faut se hâter. — C'est un voleur ! — Cela est maintenant clair comme le jour ! Un sorcier peut-être ! — Un pareil drôle est dangereux pour la Confédération. — J'aurais seulement du plaisir à partager avec lui.

TRUDE.

Oh ! ne commets pas le crime —

KUNTZ.

Ainsi, je dois me précipiter dans le lac, faire un acte injuste, condamné par Dieu ! — maintenant que j'ai le droit de me sauver, de te sauver, en m'emparant de ce qui a été volé. — Bon, laissons cela. — Je puis bien mourir !

TRUDE.

Non.

KUNTZ.

Dois-je ? —

TRUDE.

Fais ce que — tu voudras. —

KUNTZ.

Eclaire-moi donc.

TRUDE. *Elle prend la lampe sur la table.*

Tourments d'enfer !

KUNTZ.

Il est minuit. — C'est une bonne heure. — Alors on a du courage. — Quand aussi mon père était là, tout bleu, mourant d'apoplexie ! — Femme, pourquoi trembles-tu ? *(Trude tient la lampe d'une main et de l'autre s'attache au bras de Kuntz. Kuntz toujours retenu par Trude, s'approche doucement de la porte du cabinet et heurte du pied le couteau qui est tombé à terre.)* — Ho ! ho ! tu es là, mon vieil ami ? — Je te prends avec moi ! —

Kuntz ramasse le couteau.

TRUDE.

Tu ne veux pourtant pas répandre son sang ?

KUNTZ.

Non ! — Vois, tu ne comprends pas ! — J'ai été soldat, — regarde, — on prend ses précautions. — Une fine lame ! — C'est bon, à tout hasard. — *Il s'avance dans le cabinet avec Trude qui s'attache toujours à lui.* — Ne dirait-on pas qu'il s'exhale d'ici une odeur de cadavre ?

TRUDE.

Oh ! reviens !

KUNTZ.

Il dort ! — Où a-t-il mis sa ceinture et son or ? — Elle est là sous la paillasse ! — Eh bien ! prends-la.

TRUDE.

Non !

KUNTZ.

Tu rougis de le faire ? — Assurément ce n'est pas honnête ! — C'est même déshonorant ! — Écoute, qu'en penses-tu ? — Il vaut mieux tout lui laisser !

TRUDE.

C'est un ange qui t'a inspiré cette pensée.

KUNTZ.

Il met le couteau dans son sein.

Oui, — mourons innocents ! — Innocents ? — Non — *L'horloge sonne minuit ; il compte les coups.* — Un, deux, trois, quatre, cinq, six, sept, huit, neuf, dix, onze. — Assez. — Douze ! — Ne gronde pas, vieillard ! C'est fini depuis longtemps.

TRUDE, *l'attirant vers la porte.*

Oh ! viens ! —

KUNTZ.

Il entr'ouvre la porte et la referme brusquement en reculant d'effroi.

Brrr !

TRUDE.

Dieux ! qu'as-tu ?

KUNTZ.

Je ne puis pas rentrer ici !

TRUDE.

Pourquoi ?

KUNTZ.

N'as-tu pas vu le vieillard assis là, dans le fauteuil, l'œil en feu, tout bleu, qui se tourne vers moi d'un air menaçant !

TRUDE, *ouvrant la porte et regardant dans la chambre.*

Non pas !

KUNTZ, *attirant brusquement Trude.*

Reste là. — J'ai peur ! Reste là, près de moi ! Ainsi ! — *Il s'attache au bras de Trude ; elle élève le bras de Kuntz avec le sien comme pour prier.* — Aide-moi à prier ! — Aide moi !

TRUDE.

Elle prend la lampe qui brûle à terre et lève au ciel ses bras entrelacés avec ceux de Kuntz.

Oh ! que ne puis-je par mes prières attirer la protection du ciel !

KUNTZ.

Notre père qui m'avez maudit ! — *(A Trude.)* — Regarde comme l'étranger a l'air moqueur ! Il rit de moi, parce que je suis maudit et qu'il ne l'est pas.

TRUDE, *l'entraînant vers la porte.*

Soustrais-toi au pouvoir du démon !

KUNTZ.

Leurs mains sont toujours entrelacées pour prier.

Notre père ! — *(A Trude qui a toujours les yeux*

fixés sur Kurt.) — Écoute ! — Son or, — il est maudit, lui aussi. — « Viens, » crie-t-il, « viens, » me crie-t-il cette nuit, comme les glaciers le lui criaient à lui !— Entends-tu ?

TRUDE.

Ce sont les hiboux qui crient.

KUNTZ.

Non. — c'est son or ! — Je dois, je veux me sauver ! — Je veux me débarrasser de ces tortures d'enfer ! — Comme il rit d'un air moqueur avec ses joues vermeilles. Lui seul, un débauché, pourrait jouir de la vie, être heureux, riche, sans malédiction, et moi... — Ne suis-je pas de chair et d'os, ne suis-je pas homme comme lui ? N'étais-je pas bravement à mon rang devant l'ennemi, pendant que lui, lâche assassin, se glissait dans l'ombre pour voler ? — Et moi seul, je me jetterais dans le lac, je me couvrirais d'opprobre uniquement parce que je suis maudit, parce que je suis pauvre ! — Non ! — *(Il se dégage des bras de Trude qui le retient et veut l'entraîner vers la porte.* — Non, il faut que je me sauve ! — Que je me sauve, oui ! Dussé-je m'en repentir éternellement ! —(Il pousse un cri et se précipite vers la paillasse de Kurt.)* — Misérable ! Ton or est à moi !

KURT.

Pendant que Kuntz se penche sur lui pour lui enlever le sac qui contient son or et qui se trouve sous la tête de la paillasse, il se réveille et s'écrie, encore tout endormi :

Ah ! — Au voleur ! à l'assassin !

KUNTZ.

Il saisit le couteau avec fureur et en donne deux coups à Kurt.

Assassin toi-même ! — oui, toi !

KURT.

Moi ? — votre fils ! — vous me précipitez — dans la tombe !

TRUDE.

Mon fils ! —

Kuntz recule épouvanté.

KURT.

Il se soulève en faisant un dernier effort, et tire un papier de son sein.

Je le suis. — Lisez.

KUNTZ.

Il prend le papier de la main de Kurt, ramasse la lampe qui est restée à terre, et parcourt le papier.

C'est un passeport. — *(Il lit.)* « Kurt Kuruth, à Schwarrbach. » — *(Le papier lui tombe des mains.)* Ah ! maudit ! — c'est le sang de ton fils !

Il jette le couteau à terre avec tant de force, qu'il en est brisé.

TRUDE.

Elle écarte la chemise de Kurt sur l'épaule gauche.

Il a une faux empreinte au bras ! — C'est mon fils ! — *(Elle prend dans ses bras son fils mourant et se laisse tomber aux genoux de Kuntz.)* Ôte-moi donc aussi la vie, assassin de ton fils !

KURT, à Kuntz et à Trude.

Votre père — vous a — pardonné ! — Vous êtes — déchargés de la malédiction !

KUNTZ, à genoux devant Kurt.

Et toi, — pardonnes-tu ?

KURT.

Oui !

KUNTZ.

Et Dieu, — pardonne-t-il ?

KURT.

Ainsi soit-il !

TRUDE.

Il expire !

KUNTZ se relève.

C'en est fait. — Que la volonté de Dieu soit accomplie ! — Je subirai volontiers la peine que j'ai cruellement méritée ! — Je vais me livrer à la justice, et quand la hache m'aura frappé, — Dieu peut juger, — tout est connu de lui ! — C'était aujourd'hui un vingt-quatre février ! C'est un jour fatal ! — La clémence de Dieu est éternelle ! — Ainsi soit-il !

FIN DU VINGT-QUATRE FÉVRIER.

Sceaux, Imprimerie de E. Dépée.